MW01100576

SIX DARN COWS

MARGARET LAURENCE

ILLUSTRATED BY ANN BLADES

LORIMER

JAMES LORIMER & COMPANY LTD., PUBLISHERS
TORONTO

Everyone Helps

Jen Bean and Tod Bean were farm kids.

It was summer and they were going out to the field of green grass to bring home the six black and white cows at the end of the day.

Zip, the big, black farm dog, went with the kids. He helped to round up the cows and bring them home to the barn.

"Those darn cows!" said Tod. "I wish they'd just get lost!"

"Me too!" said Jen. "If we didn't have to bring them home, we could go for one more swim in the river today."

"Wow! Do I ever feel dusty and hot!" said Tod. "A swim would sure be good. Darn cows!"

"But Mum says 'On a farm everyone helps'," Jen said.

"Oh, sure," Tod said with a grin. "Dad always says that too. 'On a farm everyone helps—you bet your life!' Rats! It must be miles to that field."

They came to the field at last. Then they saw A VERY BAD THING.

The Gate

The gate was open. THE COWS WERE GONE!

Jen and Tod looked and looked. No cows.

"Oh, Jen," Tod said, "I said, 'I wish those cows would just get lost.' But I didn't mean it!"

"I know," Jen said. "Me too."

"Mum and Dad will be very mad, I bet," Tod said.

"Too bad you left the gate open," said Jen.

"I didn't leave it open," Tod said. "It must have been you."

"I didn't," said Jen.

"I bet you did."

"Well, I don't *think* I did."

"I'm pretty sure *I* didn't," said Tod.

They both looked at Zip. He wagged his tail. They both knew that he didn't leave the gate open.

"We both must have forgotten," said Jen.

"Yeah," said Tod. "Now we have to find those darn cows."

The Bean farm was a small farm. The Bean family did not have much money. The Beans needed to sell the milk from their cows.

And now the cows were lost.

"We have to find them," Jen said. "Even if it takes all night."

Jen looked at Tod. Tod looked at Jen. It was getting dark. What if they really DID have to look all night?

What if THEY got lost?

There were no houses near. Only the fields and the deep woods. They both felt scared, but they tried not to show it.

It wasn't right to go home until they found the lost cows. Zip barked and barked. He wanted to help.

"Okay!" yelled Jen.

"Let's go!" yelled Tod.

Looking

The kids and the dog ran and ran along the road to the next field.

No cows.

"What if the cows fall in the river?" Tod asked. "They'll drown for sure."

"What if they go on the highway?" Jen said. "They might get run down by a truck."

The kids ran faster. They looked and looked for a long time.

By now it was getting darker and darker.

Now the kids were near the deep woods. Tall trees grew there, and bushes with sharp thorns.

The kids did not go there alone even in daytime. The woods looked very dark and spooky.

"Mr. Mott saw a wolf here in the woods last fall," said Jen.

"I know," said Tod. The kids stood still, thinking. What if the cows were lost in the deep woods?

"We must look," said Jen.

"We must try," said Tod.

They didn't want to look or try. They wanted to go home. Zip licked Tod's hand.

"We can't go home," said Jen. "We lost all those cows."

"You're right," said Tod. "It's our fault and we have to find them."

Zip licked Tod's hand and Jen's hand. It wasn't Zip's fault, but he wanted to help them find the cows. He went with them into the dark woods.

The Dark Woods

The kids and the dog went on. Then Zip growled. WHAT WAS IT?

Was it a wolf? The kids stopped. They looked. They didn't see a thing.

They stood very still. Then they heard soft wings and a bird call. Thank goodness! It was only an owl who lived in the woods.

Jen and Tod and Zip went on. All at once they heard a sound. Then a lot of sounds.

Bump! Swish! CRASH! WHAT WAS IT?

The kids were very scared. Then they heard MOO-OO! MOO-OO! It was the cows!

Zip barked and ran. The kids ran too. Hurray! The six cows were there in the deep woods under the tall trees. They looked lost, but they weren't lost now.

"Hey, cows!" yelled Jen.

"Hey, come on home!" yelled Tod.

Zip ran to the cows. He helped Jen and Tod herd the cows. He nipped at their heels and pushed them toward the road.

One cow didn't want to go.

"Darn cow," said Jen.

The cow ran the other way.

"Stop her!" Tod shouted.

The cow ran toward the marsh. In the marsh, the mud was very deep. If the cow went in there, she'd sink in the mud and never get out.

Jen ran as quick as a rabbit. She caught up to the cow just in time. The cow was about to go into the mud. She pulled its ear to make it turn toward the road.

Going Home

The kids and the dog took the cows out of the woods onto the road back home. It was a long way and it was hard to see the road. It was night-time now and very dark. Jen and Tod were tired.

Then ... WHAT WAS THIS? Flick, flick, flick. A tiny light flicked along the road. Someone was coming to meet them. It was Meg Bean, the kids' mum, with a flashlight.

"Oh, thank goodness!" Meg Bean said. "Am I ever glad to see you! I've been looking and looking. I was afraid you got lost."

Jen and Tod were very glad to see her too.

"We didn't get lost," Jen said.

"The cows got lost," Tod said.

"And we found them!" both kids said.

Zip barked, as if to say, "I helped too."

"Why didn't you tell me?" asked Meg Bean.

"We left the gate open," said Tod.

"We thought you might get mad," Jen said.

"Well, you have a point," said their mum. "But I never STAY mad. Why didn't you ask me to help? Don't you remember what I said? 'On a farm everyone helps.'"

They all walked along the road home.

"How did you leave the gate open?" asked Meg Bean.

"I guess we forgot," said Jen.

"We hurried off without thinking," Tod said. "We get so darn tired of looking after those darn cows."

"Well, all of us get fed up from time to time," said Meg Bean. "I'm proud of you. You went into the woods to find the cows. You did what you thought was best. I think you are brave kids."

Home

The cows were back in the barn. They were safely home. Everyone was now safely home.

"Dinner is late," Meg Bean said, "but never mind. This was some day, I tell you."

Dan Bean, the kids' dad, was now home too. He worked two days a week in town fixing TV sets to make some extra money. On the other days, he worked on the farm with everybody else.

Meg milked the cows. Then she told Dan about the kids and Zip.

"I'm proud of you," Dan Bean said. "You did well."

"We may not have much money," Meg Bean said, "but we have two good kids. And we have the land and the river and the cows."

"Want to hear a song?" Dan Bean asked. "I just made it up."

So, he sang it.

> *Two darn kids,*
> *They're not so bad!*
> *Sure, I say so—*
> *I'm their dad.*
>
> *Two darn kids,*
> *They're not so dumb!*
> *Sure, Meg says so—*
> *She's their mum.*
>
> *Two good kids,*
> *And six good cows,*
> *One good dog*
> *And one good house—*
> *We may have patches on our jeans,*
> *But we're okay, all us Beans!*

Jen and Tod felt happy.

And the next day it was still summer.

The End.

James Lorimer & Company Ltd., Publishers acknowledges the support of
the Ontario Arts Council. We acknowledge the financial support of the
Government of Canada through the Canada Book Fund for our publishing
activities. We acknowledge the support of the Canada Council for the Arts
which last year invested $20.1 million in writing and publishing throughout
Canada. We acknowledge the Government of Ontario through the Ontario
Media Development Corporation's Ontario Book Initiative.

Library and Archives Canada Cataloguing in Publication

Laurence, Margaret, 1926-1987
         Six darn cows / Margaret Laurence : illustrated by Ann Blades.

ISBN 978-1-55277-719-0

         I. Blades, Ann, 1947- II. Title.

PS8523.A86S5 2011   jC813'.54   C2010-907943-4

James Lorimer & Company Ltd., Publishers
 317 Adelaide Street West, Suite #1002
Toronto, Ontario, Canada M5V 1P9
www.lorimer.ca

Distributed in the United States by:
Orca Book Publishers
P.O. Box 468
Custer, WA USA
98240-0468

Printed and bound by Everbest Printing Company Ltd. in Guangzhou, China in
April 2011.
Job#: 100524

ISBN 978-0-282-34249-4
PIBN 10555123

This book is a reproduction of an important historical work. Forgotten Books uses state-of-the-art technology to digitally reconstruct the work, preserving the original format whilst repairing imperfections present in the aged copy. In rare cases, an imperfection in the original, such as a blemish or missing page, may be replicated in our edition. We do, however, repair the vast majority of imperfections successfully; any imperfections that remain are intentionally left to preserve the state of such historical works.

1 MONTH OF
FREE
READING

at
www.ForgottenBooks.com

By purchasing this book you are eligible for one month membership to ForgottenBooks.com, giving you unlimited access to our entire collection of over 700,000 titles via our web site and mobile apps.

To claim your free month visit:
www.forgottenbooks.com/free555123

English
Français
Deutsche
Italiano
Español
Português

www.forgottenbooks.com

Mythology Photography **Fiction**
Fishing Christianity **Art** Cooking
Essays Buddhism Freemasonry
Medicine **Biology** Music **Ancient
Egypt** Evolution Carpentry Physics
Dance Geology **Mathematics** Fitness
Shakespeare **Folklore** Yoga Marketing
Confidence Immortality Biographies
Poetry **Psychology** Witchcraft
Electronics Chemistry History **Law**
Accounting **Philosophy** Anthropology
Alchemy Drama Quantum Mechanics
Atheism Sexual Health **Ancient History**
Entrepreneurship Languages Sport
Paleontology Needlework Islam
Metaphysics Investment Archaeology
Parenting Statistics Criminology
Motivational

RESPONCE
DV CROCHETEVR
DE LA SAMARITAINE.

A

JACQVES BON-HOMME
paisan de Beauuoisis, sur sa lettre
escrite à Messieurs les Princes re-
tirez de la Cour.

M. DC. XIV.

RESPONCE

CROCHETEVR

E LA SAMARITAINE

À

QVE S BON HOMME

...de Bennoys, pur falaire

...a Meffieurs les Princes

...de la Cour.

M. DC. XIV.

RESPONCE
DV CROCHETEVR
DE LA SAMARITAINE.

A

Iacques Bon-homme, payſan de Beau-
uoiſis, ſur ſa lettre eſcrite à Meſ-
ſieurs les Princes retireℤ de la
Cour.

OM PERE Iacques, ie deſroüillois vn
vieux mouſquet paralitique & eſtro-
pié de la moitié de ſes membres, quand ton
beau frere Tibaud me rendit ton pacquet,
ſi proprement plié en carré, que ie l'euſſe
pris pour vn Angelot, s'il en euſt eu auſſi
bien la couleur que la forme. Ie n'euſſe iamais creu qu'il euſt eſté fait en vn village, ſi
ie n'euſſe trouué en vne des encoigneures vn
peu de foin que tu y auois mis pour remplir
le vuide & le mieux vnir. Ie l'ouuris, il y a-

A ij

uoit deux lettres dedãs, l'vne que tu m'escri-
uois, l'autre que tu addressois à Messieurs les
Princes icy assemblez, laquelle tu me priois
de rendre seurement en main propre. Mot,
qui m'a sans mentir bien donné de la peine à
me tabuté l'entendement. Car ie confesseray
librement mon ignorance, ie demeuray sept
demy-heures, vn quart, deux minutes, & vne
once, pour percer l'intelligence de ceste pa-
role, ie ny pouuois mordre, iusques à ce que
ayant demandé à boire, & la seruante me dô-
nant vn verre, l'hostesse qui pris garde quelle auoit encore les mains toutes grasses de la
vaisselle qu'elle venoit de lauer, luy dict. Fi,
que tu est mal propre de presenter comme
cela ce verre à cest honneste soldat auec tes
mains ordres & vilaines. Laisse cela & va t'en
les lauer tout à cest heure. I'entendis par là ce
que tu voulois dire, c'est pourquoy ie ne mã-
quay pas de me trouuer le l'endemain sur les
vnze heures dãs la salle, en laquelle Messieurs
les Princes deuoient disner, car i'ay assés bonne mine, quand ie veux ouy, & puis ie suis cogneu d'vn Suisse de la maison d'vn somme-
lier, & du plus ancien palefrenier. La i'atten-
dis la teste nuë, qu'ils eussent laué leurs mains
pour se mettre en table, & lors m'aprochans
de Monsieur le Prince, apres luy auoir fait
vne reuerence sur le modele des enfans bleus,
demandant par l'Eglise, ie luy presentay ta
lettre auec tes humbles recommandations
à ces bonnes graces, & luy renouuelay suyuãt

ce que tu me mandois , la memoire des abricots que tu luy presentas il y a quelques an-
nées , vne fois qu'ayant esté surpris en pour-
point d'vne guillee d'eau en chassant , il se
vint garrer sous le portail de ta vieille grāge.
Le bon seigneur se mit à rire , & me dit qu'il
s'en souuenoit fort bien. Que tu auois ton
bon hoqueton auec des guettres de toilles
neufue , & vne grosse gaine à la ceinture gar-
nie de deux cousteaux de Chastelleraut , que
tu portois vne grāde espaisse, & blanche barbe,auec des cheueux longs,my-partis en greue (ie n'entens pas pourquoy il parla plustost
sur ce subject de la Greue que de la place
Maubert) à la mode des vieux Gaulois. Que
tu estois bel homme , grand droit & por-
tant la teste aussi haute qu'vn nouueau venu
à Paris , qui cherche chambre gernie; Il ad-
iouste que tu estois de fort bōne compagnie
& facecieux. Surquoy il rapporte que t'ayant
enquis ie ne sçay sur quel propos en gaussant
si les abricots n'auoient point quelque vertu
particuliere, tu luy respondis plaisamment,
que la chair estoit souueraine au mal de dents
opposée sur la partie affectée, (ie pense que
c'est quelque mot nouueau de la Cour) dans
la bouche, si mettant par apres la teste dans
vn four, on l'y pouuoit tenir sans tousser iusques à ce que le ius fondu par la chaleur hu-
mectast les gensiues. Quand aux noyaux,
qu'ils estoient fort salutaires aux goutteux, si
se couchant sur vn monceau d'iceux il re-

muoient les pieds & les mains, iufqu'à ce
qu'ils fuſſent tous caſſez&reduits en poudre.
Dequoy tout le monde ſe mit à rire. Au de-
meurãt,dit-il, hõme d'auſſi bon ſens que i'en
aye encore veu. Ie l'ay ietté en diuers diſcours
à deſſein durãt trois heures qu'il m'entretint,
il me reſpondit toulſiours ſi pertinemment
que ie doutay ſi ce ne ſeroit point quelque
bon vieillard de ville Traueſti pour quelque
deſſein en villageois. Car il n'en auoit pour
tout rien que l'habit : Et ay toulſiours creu
que ce liure qui fut imprimé il y à quatre
où cinq ans, ſoubs le nom du Payſan Frãçois,
ne venoit point d'autre main. Ce qui mon-
ſtre qu'il n'a pas toulſiours eſté nourri entre
la vache & la charue. Car c'eſt vn diſcours
rempli de bons excellents & ſalutaires aduis
pour la reformation des abus & deſordres de
l'Eſtat: Et poſſible que c'eſt ſur ce ſubjeſt
qu'il m'eſcrit. Voyons que c'eſt la deſſus, il
cõmanda à vn de ſes Secrétaires d'ouurir t'a
lettre & de la lire tout haut. Ce qu'il fit auec
tel plaiſir & contentement de toute l'aſſi-
ſtance, qu'il y en eut deux qui s'oublierent
de boire,& vn autre qui au lieu de porter vne
aiſle de Pigeon à la bouche,la porta à l'oreille, tant il eſtoit attentif. Tout le monde
eſtoit eſtonné d'ouïr vne ſi douce & ſi naïf-
ue eloquence. Apres qu'elle euſt eſté audien-
cée Monſieur le Prince dit qu'il doûbtoit ſi
tu eſtois deſcendu de ce Iacques Bon homme là, parce qu'il penſoit auoir autrefois ouy

dire à feu Monſieur le Febure ſon prece-
pteur, qu'il auoit eſté tué auec tous ſes enfans
par le Dauphin. Toutesfois qu'il s'en rap-
portoit. De ce diſcours on entra dans vn autre, qui fut des miſeres & combuſtions de-
plorable de ce temps-là, durant les quatres
annees que ce bon & noble Roy Iean, dont
ta lettre faict mention à l'entree, pris par ſon
opiniatriſe à la iournee de Poictiers, demeura
priſonnier en Angleterre. Ie loüe Dieu, de
ce que ſi ie n'ay pas ſi bon eſprit, comme plu-
ſieurs autres, pour le moins i'ay fort bonne
memoire. Car ie rapporterois quaſi de mot
en mot ſi ie voulois, tout ce qui fuſt dict la
deſſus; Par ma foy, il fait bon ouyr ces Meſſieurs, ils ſçauent de belles & bonnes choſes
il ne tient qu'à eux qu'ils ne les facent; Aga, ce
Monſieur le Prince te parloit des choſes paſ-
ſees, il y a ie ne ſçay combien dans, comme ſi
les euſt leües dans ton gros liure. Peut eſtre
auſſi eſt-ce luy qui l'a compoſé, car ils diſent
qu'il entend auſſi bien le Latin, que Conſeil-
ler où Aduocat de la Cour. Ce qui m'agrea
le plus fut ce qu'il dit de ce Charles Roy de
Nauarre, gendre du Roy Iean côtre les troupes duquel le grand pere de ton ayeul, comme tu dis, où triſayeul, comme ils diſent
qu'il faut dire, s'eſleua, pour leur faire rendre la plume des poulles qu'ils luy auoient
mangées. Il l'apella mauuais garçon brouil-
lon, factieux, ennemy du repos public. Et
le blaſma grandement de ce que durant la

captiuité du Roy, fon beau pere, & la ieu-
neffe du Dauphin, il auoit par vn leurre vain
de reformation & de liberté, foufleué le peu-
ple amateur de nouueautez, & pour pefcher
en eau trouble, rempli l'Eftat de confufion.
Dequoy il difoit qu'il fut à la fin puni par v-
ne iffuë lamentable, car il fut bruflé à petit
feu dans vn linceul. Chofe eftrange Iacques,
fi elle eft vraye, car il me femble qu'il n'a-
uoit qu'à paffer dedans pour l'efteindre. En
fin toutes les paroles qu'il dict la deffus, fu-
rant prifes par beaucoup de gens, pour autant d'eftages de paix. En effect c'eft dict on
vn fort bon Prince, il y à aparence qu'il ne
voudra point troubler le repos du Royaume,
& qu'il reiettera fagement les confeils tur-
bulents de ceux qui fe figuroient de faire de
fon mefcontentement vn paffe par tout aux
villages pour les banqueter. Il ne faignit pas
de le dire tout haut, proteftant qu'il n'en
viendrois iamais aux armes fi on ne luy con-
traignoit, dequoy vn Gafcon qui eftoit der-
riere vers la cheminée, conceut vn tel defpit,
que tranfporté de colere, il en frappa du pied
vn grand coup contre le plancher. On luy
demanda ce que c'eftoit: Il refpondit que c'e-
ftoit vne groffe eraignée prefte d'accoucher,
& que la crainte qu'il auoit que quelqu'vne
de ces mefchâtes beftioles ennemies des armes me vint tendre fes toilles fur fa cuiraffe
faifoit qu'il en tuoit autant qu'il en trouuoit,
voyans de tout temps haï ceft animal, à caufe
                                        qu'il

qu'il ne se prend qu'à plus foible que soy, & encore en trahison & par supercherie. Mais quelque temps apres estant sorti en la basse cour, d'euaporer sa fougue en plaintes & & menaces, Ie rencontray, & a qui en vou-lés-vous, luy dis-je, mon Capitaine? Ah dit-il, à ce croquant de ton pays, qui à enuoyé ceste lettre. Que mal de terre le vire. Nous auions la guerre sans luy, sorcier qu'il est. Car ie veux perdre la teste & les deux balafres que i'ay au front, enseignes de ma valeur, s'il n'a charmé tous ces princes de son babil. Cap de S. Arnaud, quelle vilanie! qu'vn pied plat comme cela soit plutost creu que deux mille soldats tout prest au premier commandemēt de leur chef, d'aller prendre la Bastille, si on les laisse faire, ne void on pas qu'il ne parle que pour son interest de peur de perdre quelque poule, où quelque Brebis roigneu-se? Par la mort de tous mes ennemis, qui pend au bout de mon espée, ie petille, i'en-rage, ie creve. Mais Dieu me damne, le Paysan le Payera. A peine auoit-il acheué ces mots, qu'il alla engager ses armes à vn ma-quignon pour le loüage d'vn cheual, resolu tout a faict de t'aller tuer Bō-hōme, & de fai-re vn tābour de ta peau, pour effrayer tous les autres qui oseroient dōner vn conseil de paix. Ie le suiuis, & voyant que ie ne le pouuois de-stourner de ceste opiniastre resolution, par raisons ny remonstrances, i'eux recours aux ruses. Gautier Garguille, dont ie t'ay autres-

fois parlé, eſt ce icy depuis ces feſtes, deſguiſé
en vieillard, auec vne longue perruque &
barbe blanche & vn habit quaſi ſemblable
au tien, à fin de mieux deſcouurir ſans eſtre
cogneu, vn de ſes compagnons qui luy ayant
emporté ſon ſaye & ſes groſſes lunettes,
s'eſt venu ietter icy dans quelques troupes.
Nous auions eu querelle enſemble le ſoir
precedent apres ſouper, ſur le ſubiect du cheual Bayard, car m'ayant demandé à combien
de poinct ie croyois qu'il ſe ferraſt, ie luy reſ-
pondis à treize. Il ſouſtenoit qu'il ne ſe fer-
roit qu'à quatre non plus que les autres. Là
deſſus nous gageaſme cinquante ſols & demy & nous en rapportaſmes au voiſin mareſchal qui me cōdamna brauement, diſant que
quand on feroit vn cheual quel qu'il fuſt, il
ne falloit que deux points pour luy tenir le
pied, & autres deux pour enfoncer le clou
dans la corne auec le marteau. Le regret de
ma perte me fit debagouler contre luy quelques iniures, qui accueillies d'vn dementir
ceſſent eſclarté en coups ſi le Mareſchal ſe
mettant entre-deux n'euſt faict le hola. Cela
ſe paſſa pour lors de la façon. Mais pour me
vanger de luy par les mains d'autruy ie m'ad-
uiſay de ceſte fourbe : Ie fais acroire au Gaſ-
con que s'il me voit donner cinquante ſols &
demy, qui eſtoit la ſōme que i'auois perduë,
ie luy mettrois dans vn quart d'heure le pay-
ſant qu'il cherchoit entre les mains, ſans qu'il
s'allaſt eſcorcher les feſſes ſur vne meſchante

ʃeʃʃe qui n'auoit que les os & la peau. Il ac-
cepte l'offre, ie touche l'argent. Ie luy fais
voir de cent pas mon homme qui s'en venoit en capinois le long de la ruë. Il ʃe jet-
te deʃʃus. Iamais courtaut ne fut mieux
eʃtrillé. Il fut dobé à poix de marc, Et tu
conʃeilles la paix, vilain, & tu diʃʃuades la
guerre, maroufle, ha hâ, de par le diable,
picque tes bœufs & ne te meʃle d'autre cho-
ʃe: Autant de mots autant de gourmade, dans
les dens, dans les yeux, au méton, au nez par
tout. Il ne falloit pas qu'il demandaʃt comme
au partage du gaʃteau des Roys, pour qui,
il euʃt eʃté ladre-verd, s'il ne n'euʃt ʃenti. Ie te
laiʃʃe à penʃer ʃi i'eʃtois bien aiʃe de voir cela,
& de diuertir la furie de ce diable baptiʃé, de
ta teʃte : ʃur celle de mon ennemy. Cela fait,
ie me deʃrobay gentiment & m'en retournay
la ou i'auoy laiʃʃé nos Princes, qui parloient
encore de toy, & ʃe mocquoient vn peu de ta
meʃure de bled. Ils me dirent par apres qu'ils
te feroient reʃponce vn de ces iours & me
commenderent de reʃcrire cependant qu'ils
auoient pris ta remonʃtrance en bonne part,
& qu'ils t'en aymoient tellement, que ʃi iamais l'occaʃion s'en preʃentoit ils te fairoient
du bien. Ils en ont le moyen, Iacques, & en
font tous les iours à gens qui ne leur donnent
pas de ʃi bon conʃeil que toy. Ils le recognoi-
ʃtrons, ie m'en aʃʃeure. Apres cela ils ʃe mirét
a ioüer au malcontent. Et moy apres leur a-
uoir fait vne reuerence coagruë du genoüil

& de la teſte, ie me retiray pour t'eſcrire cecy
& t'en-dire mon opiniõ, qui eſt que ces Princes ne viendront iamais à la guerre qu'à l'ex-
tremité. Ils ſont tous François , & ayment
trop leur hõneur & le repos public pour en-
treprendre rien dans l'eſtat, contre le bien &
le ſeruice du Roy. Voila le iugemẽr que i'en
fais: Toutesfois ie ne ueux reſpondre de rien.
Car qui reſpond, paye le plus ſouuent. Ie ſçay
qu'il a mal pris à mon pere, pour auoir cau-
tionné cõme tu ſçais, l'oncle de ſa tante Ar-
nette. Cela le mit ſi bas qu'il fut reduit à boire de l'eau, la choſe du monde qu'il à touſ-
jours le plus haie iuſqu'à la mort. De laquelle ſe voyãt proche il s'en fit apporter vn plein
verre, & comme on luy euſt demãdé, qu'elle
humeur le prenoit , veu le mal qu'il auoit
voulu toute ſa vie a ceſte liqueur, il reſpondit, c'eſt la raiſon pour laquelle i'en veux boire à c'eſt heure , car il faut reconcilier auant
mourir auec ſes ennemis. Ie ſuis bien ſon fils
de ce coſté-la , ie n'ayme point d'autre eau
que celle qu'on dõne a lauer les mains pour
ſe metere a table. Mais tout cela eſt vn peu
hors de propos. Ie reuiens à la derniere partie
de ta lettre, en laquelle tu m'exhorte de quit-
ter ce courage guerrier & de retourner à Paris. Mon bon cõpere , ie penſe que c'eſt mon
meilleur, & que ie ne tarderay guere à le faire
Car par ma foy, comme tu dis fort bien il
y fait plus beau qu'icy. O place Maubert. O
place aux veaux! ô pont neuf! ô port au char-

bon! ô port au foin, qu'il m'ennuye que ie ne
vous reuoye. Mais sur tout ce bon petit ca-
baret nouueau vers l'eschelle du temple, où
i'auois si bien gaigné ces bonnes graces, groffe Nicole, par le moyen de trois sous que ie
t'auois donnez en neuf fois, que i'auois touf-
iours du frais & du meilleur. En bonne foy
il y a plus de plaisir-là qu'à courre la vache
par les champs auec vne harquebufe sur l'ef-
paule. On n'y a pas la moitié du temps son
faoul de pain & d'eau. Ah que le diable m'em-
porte si i'y vay! que Flambon demeure icy
s'il veut, quant à moy ie m'en retourne. Ce
fut luy qui m'y traina, il estoit caualé par
trois ou quatre Sergens du Chastellet, & ne
sçauois plus sur quel pied danser. Cela luy fit
prendre refolution de se venir ietter en ces
cartiers, & par ce qu'il se faschoit d'y venir
seul: Il me vint embabouyner de belles paroles pour m'induire à luy faire compagnie,
me reprefentant que ie deurois mourir de
honte de demeure en vne ville, où i'auois re-
çeu l'affront que chacun sçauoit, d'estre de-
gradé de la place en laquelle on m'auois con-
stitué sur l'horeloge de la Samaritaine. Que
si i'auois tant soit peu d'honneur ou de courage, ie m'en deuois reffentir, que c'estoit à
cest heure que l'occafion s'en prefentoit par
le moyen de cefte guerre, durant laquelle si
Paris venoit à estre pris, ie pourrois par l'intelligence que i'y ay auec les Crocheteurs
mes compagnons, me faifir du pont-neuf &

le garderiufqu'a ce que pour reparation du
tort qu'on m'auoit faict, les Efcheuins de Paris s'offriffent de me venir remettre eux mef-
mes en ma place auec ceremonie, & de me
donner vn peage fur tous les maquereaux,
gredins, coufpeurs de bourfes, cocus & gens
de femblable eftoffe qui y pafferoient. Ce
qu'il n'eftimoit pas fi peu que pourueu qu'il
n'y euft point de fraude, & que ie priffe feu-
lement vn fol pour tefte ou pour corne, ie
n'euffe moyen d'achepter dans huict iours
vn office de Sergent a verge, ou de Crieur
iuré, comme eftoit mon frere en premiere
nopces. Il m'en voulois mefme faire party.
Il me prit comme il failloit, car i'auois eu le
foir auparauant querelle contre noftre fem-
me à caufe de quelques cotterez que ie voulois chaftrer; elle ne le vouloit pas; difans
qu'vne de fes voifines l'auoit affeuree, qu'autant que i'en chaftrois en carefme autant en
donnoi-ie au diable, pour me chauffer les
pieds & a elle, fi elle le permettoit en purga-
toire. Elles s'opiniaftra, ie la baftis: cela fit
que i'ouuris plus volontiers l'oreille aux in-
ductions de ce charlatan. Ie m'en repens à
ceft heure, car ie ne veux point manger de
guerre, ou fi i'en veux, ce fera par ma foy pour
feruir le Roy. Pourquoy! c'eft noftre maiftre,
nous luy deuons cela. Il eft fi gentil, fi potelé,
fi efueillé: & puis on dit qu'il fçait defia bien
remarquer ce qu'on luy faict. S'il venoit à
fçauoir que i'euffe porté les armes contre

Iuy, il me feroit faire la premiere fois qu'il
me rencontreroit vne querelle d'Allemand
par quelque Suiſſe, qui me donneroit de la
hante de ſon halebarde ſur les cheueux, en
paſſant, ſans qu'il en fuſt iamais autre choſe:
car i'aurois beau en informer, au diable le
Commiſſaire ni le Sergent qui voudroit ſe
leuer du lict pour lui aller mettre la main au
collet. Il faudroit que ie beuſſe cela doux cō-
me laict. Ah que ie n'y vay pas, mon eſpee
eſt trop courte. Il y a vn autre choſe, c'eſt que
i'ayme deſmeſurément ce petit Prince, ie ne
ſçay ce qu'il m'a fait. Ie ne ſçauoy iamais
eſtant à Paris, qu'il d'euſt paſſer en quelque
endroit, que ie ne laiſſaſſe & cotterez & ver-
rés pour y accourir & crier, viue le Roy. La
derniere fois que ie le vis, ce fut ſur le pont
neuf à ſon retour de Fontaine-bleau, ſur l'entree de l'hyuer paſſé. Il eſtoit veſtu d'vn long
caſaquin d'eſcarlate couuert de paſſement
d'or, car il a eu permiſſion du Pape verifiee
en toutes les barrieres des Sergens de Paris
& vn petit chappeau retrouſſé, il ne me ſou-
uient plus de quelle couleur. Deuant & àpres
luy, marchoient ces Meſſieurs les Princes
qui ſont icy, il les faiſoit ſi bon voir que rien
plus. Ie leur conſeillerois, ſi i'eſtois de leur
conſeil, de s'en tenir touſiours comme ils
eſtoient lors le plus prés qu'ils pourroient.
C'eſt leur honneur & leur proffit, les fols aux
eſchets & les ſages à la Cour ſont touſiours
les plus proches du Roy. I'ay apris cela d'vn

bon compagnon, qui me bailla vne fois vne
lanterne de papier rimé à porter a vn petit
homme vieux qui fçait plus de fecrets qu'A-
lexis Piemontois, duquel i'ay leu vne fois le
liure pour me faire reuenir le poil du menton
qu'vne fiebure chaude m'auoit faict tomber.
I'auois encore quelque chofe à t'efcrire, mais
il ne m'en fouuient plus, ce fera pour vne autrefois, quand ie feray à Paris où i'efpere de
m'acheminer demain. Ce foir icy i'iray là ou
font Meffieurs les Princes, & fi ie puis remarquer, ou c'eft qu'ils mettent leurs mefcontentement ie les defroberay, & puis haut le
pied; Ie le feray par la morbille, & s'il y a
chien qui m'abboye, ie puis demeurer vn an
fans boire, fi ie ne luy fourre ma coutelaffe
quatre aufnes entre chair & cuir. I'ay de bons
amis, Dieu mercy, qui me feront du foir au
matin auoir mon abolition de tout. En tout
cas la fierté de Roüan ne me peut manquer:
car ie cognois deux honneftes hommes qui
ont enuie d'eftre Chanoines de la grande E-
glife, lefquels en recognoiffance de ce que
i'ay deux fois porté leurs hardes de leur logis
au coche, feront quelque chofe pour moy.
Bon homme ie me recommande à tes bonnes graces, à celles de tes deux fils & de tes
trois, filles mariee. Boy matin & porte-toy
bien, & tu viuras long-temps. Ie fuis,

Ton tres-affectionné feruiteur à vendre &
engager. LE CROCHETEVR.

CPSIA information can be obtained
at www.ICGtesting.com
Printed in the USA
LVHW042231221118
597992LV00017B/351/P